BEAUX MEUBLES

Riches Tentures

ANCIENNES TAPISSERIES

BRONZES D'AMEUBLEMENT

ET BRONZES ORIENTAUX

OBJETS DE VITRINE

EXPOSITION PUBLIQUE

LE MARDI 20 MARS 1888

de 1 heure à 5 heures.

Mᵉ PAUL CHEVALLIER

COMMISSAIRE-PRISEUR

10, rue Grange-Batelière, 10.

M. CHARLES MANNHEIM

EXPERT

7, rue Saint-Georges, 7.

HOMO
ADDITVS
NATVRA.
IMPRIMERIE DE KARR

CATALOGUE

DE

BEAUX MEUBLES

DE STYLE

Meubles anciens

RICHES TENTURES

En velours de Gênes, en damas, en lampas

Consoles, Torchères, Écrans en bois doré

Belle Salle à manger, en acajou et cuivre doré, de chez Allard

ANCIENNES TAPISSERIES

Panneaux d'après Lancret, Verdures

Piano d'Érard

BRONZES D'AMEUBLEMENT

Lustre en cristal de roche

Grande et belle suspension, de chez Gagneau

Vases en porphyre et en onyx, montés en bronze

Bronzes de la Chine et du Japon

Émaux cloisonnés

ORFÈVRERIE INDIENNE

Objets de vitrine, Boîtes, Miniatures, Bijoux, Curiosités

DONT LA VENTE AURA LIEU

HOTEL DROUOT, SALLE Nᵒ 1

Le Mercredi 21 Mars 1888

A DEUX HEURES

Mᵉ PAUL CHEVALLIER	M. CHARLES MANNHEIM
COMMISSAIRE-PRISEUR	EXPERT
10, rue de la Grange-Batelière, 10	7, rue Saint-Georges, 7

EXPOSITION PUBLIQUE

Le Mardi 20 Mars 1888, de 1 heure à 5 heures

CONDITIONS DE LA VENTE

Elle sera faite au comptant.

Les acquéreurs payeront, en sus des adjudications, *cinq pour cent* applicables aux frais.

L'exposition mettant le public à même de se rendre compte de l'état des objets, il ne sera admis aucune réclamation une fois l'adjudication prononcée.

Paris. — Imp. de l'Art, E. Ménard et Cie, 41, rue de la Victoire.

DÉSIGNATION DES OBJETS

OBJETS DE VITRINE

ORFÈVRERIE INDIENNE, ETC.

1 — Boîte ronde en poudre d'écaille, fond gris, cerclée d'or et ornée, sur le couvercle, d'une peinture sur émail représentant l'Hyménée.

2-3 — Deux boîtes en porcelaine tendre, montées en argent; l'une, en forme de chien carlin; l'autre, représentant une chatte et ses petits.

4 — Boîte en porcelaine de Saxe, représentant un dromadaire couché.

5 — Boîte en Saxe, en forme de fleur, jaspée violet.

6 — Béquille et pommeau de cannes en porcelaine décorée.

7 — Dos de brosse en faïence hollandaise à décor polychrome, fleurs et oiseaux.

8 — Miniature ovale sur ivoire : Zéphyr, d'après Prudhon.

9 — Miniature ronde sur ivoire : Portrait de femme, en costume Louis XVI, poudrée, les mains croisées, fond de paysage.

10 — Médaillon rond orné, sur chaque face, d'une miniature sur ivoire.

11 — Épingle de cravate en or, ornée d'une miniature sur ivoire : Portrait d'homme de profil, en grisaille.

12 — Médaillon rond avec miniature : Jeune Fille enguirlandant de roses l'autel de l'Amour.

13 — Miniature carrée sur ivoire : Femme au bain.

14 — Miniature ronde : Jeune Femme, costume Louis XVI.

15 — Boîte rectangulaire en porcelaine de Saxe, gaufrée, décorée de sujets galants, dans le goût de Watteau.

16 — Boîte contournée en émail de Saxe, fond blanc,
décor à figures.

17 — Boîte ronde cerclée d'or, en mosaïque de
burgau et piqué d'or. XVIIIe siècle.

18 — Boîte ronde en écaille brune semée de pois et
de croisettes, en posé d'or et d'argent.

19 — Boîte ovale en écaille à couvercle incrusté
d'or : Paysage et marine ; monture argent.

20 — Tabatière en écaille brune à couvercle incrusté or et argent.

21 — Boîte ronde en ivoire, ornée d'une miniature
représentant deux femmes en costumes Louis
XVI, lisant une lettre.

22 — Trente-huit fleurs d'ancienne porcelaine de
Saxe.

23 — Coffret rectangulaire en argent, à décor de
fleurs, de branchages et de rinceaux en relief.
Travail indien.

24 — Boîte de forme contournée en argent, décorée

d'ornements et offrant, sur le couvercle, une divinité en bas-relief, reproduisant une figure des pagodes d'Ang-Kor.

25 — Deux petites boîtes en argent, analogues à la précédente.

26 — Environ cinquante pièces de monnaie d'argent du royaume de Siam : Ticaux, Pha-Lung, Salung.

27 — Lingot en argent poinçonné au chiffre de Norodom, roi de Cambodge.

28 — Canne formée d'un beau jonc blanc avec pommeau en argent ciselé, à figures, poissons, animaux, fleurs et feuilles.

29 — Porte-carte en filigrane d'argent. Travail indien.

30 — Porte-allumettes en argent repercé à jour, doré et émaillé.

31 — Bague chinoise, anneau d'or, finement ciselé.

32 — Deux paires de boutons d'oreilles à rosace, or et perles, et une bague.

33 — Bracelet en argent doré.

34 — Boîte à mouchoirs en bois odoriférant incrusté de filets de cuivre.

35 — Service à découper à manches d'argent.

36 — Deux manches de couteaux en ivoire sculpté, composés de groupes de figures.

37 — Médaillon rond en corne fondue et doré, offrant en bas-relief une scène d'hyménée. Signé *Ad. Joly*.

38-39 — Six grandes clefs du XVIIIᵉ siècle, fer et bronze doré.

40 — Deux bas-reliefs ronds en terre cuite : Ariane et Léda. Signés *Fortin, 1815*.

BRONZES ET OBJETS DE L'ORIENT

41 — Deux vases-supports en bronze du Japon, à décor d'oiseaux et de branchages en haut-relief.

42 — Deux grands lampadaires en bronze du Japon, composés chacun de sept pièces et provenant d'un temple.

43 — Petit vase cylindrique, sur trois pieds, en ancien bronze de Chine, décoré au pourtour de branches de fleurs en relief et dorées, ressortant sur un fond de carrelage, bordure, haut et bas, de grecques niellées argent. Pièce signée.

44 — Deux vases à bord évasé et à anses formées de feuillages.

45 — Deux vases à cols évasés, à panses ornées de volutes et à anses en demi-cercles reliant le bord au culot.

46 — Brûle-parfums en forme de fruit, bronze japonais.

47 — Cornet à décor de grecques et d'ornements saillants, bronze chinois.

48 — Bouteille à deux petites anses, décorée de grecques et de caractères chinois.

49 — Vase carré, simulant une vannerie, ornée de caractères en relief et de grenouilles en guise d'anses.

50 — Deux vases, en forme de bouteille, en émail cloisonné de la Chine, à fleurs et arabesques sur fond bleu; socles en bois sculptés à jour.

51-52 — Trois plateaux de la Cochinchine, en bois
dur incrusté de nacre.

53 — Porte-carte en ivoire, décoré de branches fleu-
ries et d'oiseaux en incrustation de nacre et
pierres. Japon.

54 — Deux pitongs chinois en ivoire et deux figurines en pierre de lard.

55 — Brûle-parfums à couvercle surmonté du chien
de Fô, en bronze de la Chine, avec socle en
bois.

56 — Deux pièces en émail cloisonné de Chine, fond
bleu, coupe sur trois pieds et vase couvert.

57 — Pendule chinoise en bois sculpté, représentant des dragons enroulés et reposant sur un
socle doré ; elle est surmontée d'un vase balustre
côtelé à nervures, en bronze de Chine.

58 — Éventail à monture d'ivoire finement sculptée
et fouillée à jour, avec feuille peinte sur les deux
faces.

59 — Deux éventails : l'un en bois de sandal sculpté
et ajouré, l'autre en laque, noir et or.

60 — Ombrelle à manche japonais en ivoire, modèle bambou, décoré de plantes et d'insectes en incrustation de nacre et de pierres de couleur.

61 — Boîte à gants en bois de sandal sculpté.

62 — Deux grands vases en porcelaine de Chine moderne, décor dit à mandarins, en émaux de couleur.

BRONZES D'AMEUBLEMENT

63 — DEUX BEAUX VASES, cassolettes, EN PORPHYRE rouge, élevés sur des trépieds de style Louis XVI, en bronze ciselé et doré, reposant sur des plinthes rondes de même porphyre.

64 — DEUX BEAUX VASES OVOÏDES à piédouches en ONYX ORIENTAL, garnis d'une monture de style Louis XVI, en bronze ciselé et doré, à têtes de béliers en guise d'anses reliées par des guirlandes retombant sur la panse.

65 — GRAND LUSTRE de bronze à plusieurs rangs de lumières, monture à rinceaux, enroulements et figurines d'enfants, garni de pendeloques, pyramides et grains d'enfilage en CRISTAL DE ROCHE.

66 — GRANDE ET BELLE SUSPENSION de salle à manger
de style Louis XIV, en bronze ciselé et doré de
Gagneau; lampe et couronne de vingt bougies à
cariatides de femmes. Beau modèle.

67 — PENDULE en bronze doré à cage, en forme de
borne, surmontée d'un vase et flanquée de consoles, de CHARLES OUDIN, horloger de la marine,
à Paris ; cadrans émaillés donnant les jours, les
dates, les mois, les phases de la lune, etc., baro-
mètre et thermomètre.

68 — TRÈS GRAND CHRIST en bronze doré sur croix
en bois noir, garnie à ses extrémités d'ornements
en bronze doré. Époque Louis XIV.

69 — DEUX BEAUX CANDÉLABRES de style Louis XVI,
en bronze ciselé et doré, à sept lumières suppor-
tées par des cariatides d'enfants tenant des couronnes de fleurs.

70 — PAIRE DE FLAMBEAUX côtelés du temps de
Louis XV.

71 — PLUSIEURS COUPES Japon et porcelaine blanche
montées en bronze, lampes, porcelaines décorées
et objets divers, sous ce numéro.

72 — Pare-étincelles pliant en bronze ciselé et doré, de style Louis XVI.

73 — Grande lampe d'église en cuivre argenté, ornée de cariatides d'anges et de groupes de têtes de chérubins. XVIIe siècle.

74 — Deux candélabres d'église en cuivre verni.

MEUBLES, BOIS DORÉS, TENTURES

75 — MEUBLE DE SALON en bois noir sculpté, de style Louis XIV et recouvert d'un magnifique velours de Gênes à plusieurs tons, à bouquets de fleurs : canapé, quatre fauteuils et quatre chaises.

76 — GARNITURE DE TROIS FENÊTRES et deux portières avec lambrequins, en même velours, avec doubles rideaux en satin vieil or.

77 — BELLE CONSOLE en bois sculpté et doré, de style Louis XVI, de forme cintrée et à quatre pieds contournés à volutes, reliés par un entre-jambes supportant un vase ; le bandeau est ajouré en façon de vannerie. Dessus de marbre vert de mer.

78-79 — Deux petites tables-consoles, de style Louis XVI, en bois sculpté et doré, à ceintures décorées de feuillages sculptés à jour.

80 — Piano droit, de Érard, en acajou noirci.

81 — Deux très grandes torchères en bois sculpté et doré, à trois faces, composées de pilastres cannelés, à chapiteaux ioniques, reposant sur des motifs ornés et des bases décorées de couronnes de laurier.

82 — Support-applique formé d'un buste de femme en bois sculpté, peint et rehaussé de dorure. Dans la partie inférieure, les lettres R. H. surmontées d'une couronne. XVIIe siècle.

83 — Causeuse et deux fauteuils en peluche grenat, décorés de carrés d'anciennes broderies en soies de couleur sur fond blanc.

84 — Quatre beaux fauteuils, style Louis XVI, en bois finement sculpté et doré. Modèle de Trianon, fort élégant, à festons de fleurs noués par des rubans, à feuilles d'acanthe, à pieds formés de colonnettes cannelées d'ordre ionique, à accoudoirs portant sur des cornes d'abondance, etc.; ils sont recouverts de velours de Gênes grenat à corbeilles de fleurs.

85 — QUATRE CHAISES de même modèle que les fauteuils.

86 — QUATRE CHAISES LÉGÈRES de style Louis XVI, en bois doré à dossiers ajourés, consoles et draperies, recouvertes d'anciennes soieries.

87 — CANAPÉ LOUIS XV en bois sculpté à contours et fleurs, garni en gris, mais non couvert.

88 — GRAND FAUTEUIL en bois sculpté, couvert de tapisserie *verdure*.

89 — ÉCRAN en bois sculpté et doré, de style Louis XVI, couronné des attributs de l'Amour; feuille décorée de branches de fleurs en ancienne broderie de soies réappliquée sur fond de soie rouge.

90 — ÉCRAN doré, modèle bambou, tendu de peluche verte brodée.

91 — GARNITURE DE DEUX CROISÉES, composée de rideaux en velours de Gênes grenat et en damas vieil or, avec lambrequins, galeries dorées, etc.

Bel ameublement de salle a manger, de
style Louis XVI, en bois d'acajou, décoré de
cuivres dorés : postes, feuilles, etc. Il sort de
la maison *Allard* et se compose de :

92 — Grand buffet à deux corps, à côtés cintrés, le
bas à porte pleine, le haut vitré à colonnes et
fronton, flanqué d'étagères.

93 — Console-desserte à fond plein, dessus de
marbre griotte.

94 — Table de milieu à sept allonges, supportée
par un pilier accoté de quatre consoles ren-
versées.

95 — Douze chaises acajou, garnies de cuivre et
recouvertes en maroquin bleu.

96 — Grande portière (baie), deux portières et
deux croisées, en tissu de laine (imberline),
lamée de fils métalliques à dessin oriental et
en peluche de soie grenat.

97 — Chaise longue garnie en même étoffe.

AMEUBLEMENT POUR CABINET DE TOILETTE, en sycomore et bois d'acajou, composé de :

98 — Armoire à portes à coulisses, à glaces.

99 — Toilette surmontée d'une glace assortie.

100 — Deux armoires sans fond ou placards.

101 — Table à coulisse surmontée d'une étagère.

102 — Guéridon rond.

---

103 — MEUBLE DE CHAMBRE A COUCHER en bois sculpté et peint en deux tons de style Louis XVI, lit, table de nuit et armoire à glace.

104 — COMMODE de la fin du règne de Louis XV, en marqueterie de bois, à vases et trophée d'instruments de musique, garnie de bronzes ciselés et dorés, et dessus de marbre rougeâtre des Pyrénées.

105 — COMMODE de l'époque Louis XV, en bois rose et bois violette, garnie de cuivres ciselés et dorés, et à dessus de marbre.

106 — GRAND COFFRE-BANQUETTE D'ANTICHAMBRE
en noyer, à moulures et ornements sculptés,
avec coussin garni d'ancienne tapisserie.

107 — DEUX GRANDS ET BEAUX FAUTEUILS de style
Renaissance, en noyer sculpté, couverts en
ancienne tapisserie au point.

108 — TABLE de style Renaissance en noyer sculpté,
piétement à colonnes et arcades reliées par une
arcature à balustres.

109 — PORTEMANTEAUX et parapluies en bois de
noyer sculpté, à fronton et à fond découpé à
jour avec patères et filets de cuivre.

110 — DEUX GRANDES PORTIÈRES et une garniture
de croisée en étoffe genre tapisserie, à larges
dessins ananas avec bordures.

111 — Rideau de dessous en velours frappé grenat.

112-113 — DEUX LITS CAPITONNÉS en velours bleu
et lampas.

114 — COUVRE-LITS, décor de lit, rideaux de croisée, lambrequins et deux grandes portières de
lampas, pareil à celui des lits qui précèdent.

115 — Guéridon sur pied à griffes en acajou noirci.

116 — Table de milieu en bois noir. Style Louis XIV.

117 — Glace de Venise avec encadrement sculpté et doré.

118-119 — Deux miroirs à encadrements de glaces biseautées, avec ornements dorés.

120 — Deux stores en soie crème.

121 — Deux autres en soie.

TAPISSERIES

122 — GRANDE ET BELLE TAPISSERIE ancienne, verdure avec renard et poules ; bordure formée d'une guirlande de fleurs.

123 à 128 — CINQ PANNEAUX en tapisserie de l'époque Louis XV, représentant de gracieuses compositions : Jeux d'enfants, d'après LANCRET.

129 — PAREMENT DE CHEMINÉE tendu d'ancienne tapisserie avec dessus en panne bleue.

130 — DEUX CROISÉES, deux portières et une grande portière de panne bleue avec bandes en ancienne tapisserie.

131 — Deux petits tableaux en tapisserie au point : Bustes d'hommes, joueurs de flûte et personnages tenant des petits pains. XVIIe siècle.

132 — Petit panneau de tapisserie, sujet Teniers, à personnages et paysages.

133 — Grand tapis d'Orient, de 4 mètres sur 2 mètres environ.

134 — Tapis de prières de Perse, fond rouge.

www.ingramcontent.com/pod-product-compliance
Lightning Source LLC
LaVergne TN
LVHW011455170726
843501LV00009B/3430